कलियुग का
कुंवारा
(जिम्मेदारियों मे दबा एक अधुरा सपना)
रवि कुमार

पाठकों के लिए.....

यह कहानी किसी एक व्यक्ति की नहीं है।

यह कहानी उन लाखों युवाओं की है

जो सपनों और जिम्मेदारियों के बीच

हर दिन एक नया निर्णय लेते हैं।

अगर आप भी कभी

अपने ही जीवन में

खुद को अधूरा विजेता महसूस कर चुके हैं—

तो यह कहानी आपकी है।

✍ *रवि कुमार*

"जो अँधेरे के बाद की पहली रोशनी लिखता है।"

शीर्षक के बारे में :

"वीरो की धरा" राजस्थान की धरती पर एक किला है –
अलवर का बाला किला।

उसे "कुंवारा किला" भी कहा जाता है।

इतिहास गवाह है –

वह किला कभी पूरी तरह जीता नहीं गया।

शायद इसलिए......................................

कुंवारा होना हार नहीं,

अधूरी जीत भी हो सकता है।

कुछ लोग अकेले खड़े रहते हैं,

झुकते नहीं, टूटते नहीं –

"कुंवारा" –

यह शब्द सुनते ही समाज मुस्कुरा देता है।

कभी मजाक बनाता है,

कभी चिंता जताता है,

कभी सवाल करता है –

"अभी तक क्यों?"

लेकिन क्या कुंवारा होना सिर्फ विवाह न होना है?

या यह एक अवस्था है –

जहाँ इंसान जिम्मेदारियों और सपनों के बीच खड़ा होता है?

कभी-कभी

कुंवारा वह नहीं होता जिसकी शादी नहीं हुई,

कुंवारा वह होता है

जिसने अभी तक अपने सपनों से समझौता नहीं किया।

समाज के लिए कुंवारा होना अधूरापन है,

पर शायद कुछ लोगों के लिए

यह एक तैयारी है –

अपने आप को गढ़ने की।

हर कुंवारे के पीछे

एक कहानी होती है।

संघर्ष की।

आत्मसम्मान की।

और समय से पहले बड़े हो जाने की।

यह कहानी भी ऐसे ही एक कुंवारे की है –

जो सिर्फ विवाह से नहीं,

बल्कि हालातों से भी अकेला लड़ा।

यह कहानी है –

कलियुग के कुंवारे की।

अनुक्रमणिका

अध्याय 1

अधूरा बचपन

रवि का बचपन किसी रंगीन कहानी जैसा नहीं था।

उसका घर पक्की ईंटों का नहीं, कच्ची दीवारों का था।

बरसात में दीवारें भीग जातीं और गर्मियों में मिट्‌टी की खुशबू के साथ तपन भी अंदर उतर आती।

गर्मी की रातों में पूरा परिवार एक पुराने से पंखे के नीचे बैठा करता।

वह पंखा आवाज ज्यादा करता था, हवा कम देता था।

कभी-कभी तो बिजली भी चली जाती...

और तब आसमान के नीचे खुले आँगन में चारपाई डाल दी जाती।

रवि अक्सर तारों को देखता और सोचता –

"क्या एक दिन मेरा घर भी पक्का होगा?"

घर में सुख-सुविधाएँ कम थीं,

लेकिन प्यार की कमी नहीं थी।

माँ हर छोटी चीज़ में खुश रहना सिखाती थीं।

पिताजी खुद की जरूरतें टालकर बच्चों की इच्छाएँ पूरी करने की कोशिश करते।

रवि और उसका छोटा भाई..........................

दोनों एक-दूसरे के इतने करीब थे कि मोहल्ले में लोग कहते –

“इन दोनों में कभी झगड़ा नहीं होता?”

लोग शायद समझ नहीं पाते थे –

कमी इंसान को लड़ना नहीं, जोड़ना सिखाती है।

स्कूल में बाकी बच्चे पढ़ाई से भागते थे।

पर रवि अलग था।

वह किताबों को ऐसे पकड़ता जैसे वह रास्ता हों।

उसे खेल भी पसंद थे,

पर दिल के किसी कोने में एक ही ख्वाहिश थी –

“मुझे जल्दी बड़ा होना है।”

वह बचपन जीने से ज्यादा बड़ा होने की तैयारी कर रहा था।

जब दूसरे बच्चे नई साइकिल की जिद करते,

रवि चुप रहता।

जब दोस्त नए जूते दिखाते,

वह मुस्कुराकर उनकी खुशी देखता।

उसे पता था,घर की हालत क्या है।

वह माँ-पिता से कुछ मांगता नहीं था।

क्योंकि मांगने से पहले ही उसे जवाब पता होता था।

फिर भी...

पिताजी कभी-कभी अपनी क्षमता से बढ़कर

उनकी छोटी-छोटी इच्छाएँ पूरी कर देते।

और उस दिन रवि को लगता –

"मैं सच में अमीर हूँ।"

लेकिन उस बचपन में एक चीज़ अधूरी थी –

निश्चिंतता।

वह कभी पूरी तरह बच्चा नहीं बन पाया।

उसके अंदर जिम्मेदारी बहुत जल्दी जन्म ले चुकी थी।

और शायद...

यहीं से शुरू हुआ था

कलियुग के कुंवारे का सफर...............

अध्याय 2

जिम्मेदारियों का जन्म

समय के साथ रवि सिर्फ लंबाई में ही नहीं,

सोच में भी बड़ा होने लगा था।

उसके भीतर यह एहसास भी पनपने लगा था कि अब हालात बदल सकते हैं।

शायद भगवान ने उसकी मेहनत देख ली थी।कक्षा 6 का परिणाम वाला दिन...

पूरा स्कूल परिणाम सुनने के लिए इकट्ठा था।

जब प्रधानाचार्य ने उसका नाम लिया —"पूरी स्कूल में सर्वाधिक अंक..."कुछ पल के लिए समय ठहर गया।

रवि ने **₹5000** का इनाम जीता था।उसके लिए यह सिर्फ पैसे नहीं थे —

यह उसकी मेहनत का पहला प्रमाण था।जब उसने वह रकम अपने पिताजी के हाथ में रखी,

तो पिताजी की आँखों में जो चमक थी —

वही उसके जीवन का असली पुरस्कार था।उस दिन पहली बार उसे लगा —

"मैं सच में बदल सकता हूँ सबकुछ।"रवि ने प्रतियोगिताएं जीतना जारी रखा।

अध्यापक उसकी तारीफ करते नहीं थकते।

Congratulations

गाँव-मोहल्ले में लोग कहते –

“यह लड़का एक दिन नाम रोशन करेगा।”

कक्षा 8 तक आते-आते उसके भीतर आत्मविश्वास की जड़ें मजबूत हो चुकी थीं।

लेकिन इस सफर में एक चुभन उसको खाए जा रही थी थी...

उसकी माँ – एक गरीब परिवार से थीं तो

अक्सर रिश्तेदार ताने मारते – कभी उनकी परवरिश पर, कभी उनके मायके पर।

रवि चुपचाप सब सुनता।

वह जवाब नहीं देता था, पर अंदर एक कसम लेता था –

“मैं अपनी माँ को किसी के सामने झुकने नहीं दूंगा।”

रवि इसलिए नहीं पढ़ रहा था कि लोग तारीफ करें।

वह इसलिए पढ़ रहा था कि उसकी माँ की आँखों में सम्मान दिखे।

उसने कभी घरवालों से कुछ नहीं माँगा।

पुराना बैग मिला, कभी खाद के कट्टे से बना थैला लेकर भी स्कूल गया।

उसे शर्म नहीं आती थी।

उसे बस जल्दी बड़ा होना था।

जिम्मेदारियाँ अब बोझ नहीं रहीं – वे उसका उद्देश्य बन चुकी थीं।

और शायद उसी दिन उसके अंदर

63%

एक साधारण लड़के से एक जिम्मेदार इंसान जन्म ले चुका था।

कक्षा 9 में रवि नई स्कूल गया।

घर से लगभग 4 किलोमीटर दूर।

हर सुबह लंबा रास्ता तय करता – कभी पैदल, कभी साइकिल के सहारे।

नई जगह, नए चेहरे।

अधिकांश बच्चे ऐसे घरों से थे जहाँ कमी शब्द शायद शब्दकोश में भी नहीं था।

उनके बैग नए थे, जूते चमकदार, बातें अलग दुनिया की।

रवि चुप रहता।

कभी-कभी उसे अपने आप पर तरस आता।

पुराना बैग, साधारण कपड़े, और मन में जिम्मेदारियों का पहाड़।

लेकिन एक चीज़ नहीं बदली – उसका लक्ष्य।

वह जानता था कि वह यहाँ मुकाबला करने आया है, तुलना करने नहीं।

फिर जिंदगी ने उसे एक और परीक्षा दी।

वह बीमार पड़ गया।

एक ऐसी बीमारी जिसने उसे स्कूल से लगभग दो महीने दूर रखा।

छुट्टी अलग, दवाइयों का खर्च अलग, और घर की आर्थिक हालत पर एक और बोझ।

उसके सबसे बड़े दर्द का कारण बीमारी नहीं था।

बल्कि यह था कि उसे लगा –"मेरे कारण घर पर बोझ बढ़ गया।"

चारपाई पर लेटा वह सोचता –क्या मेरी रफ्तार यहीं रुक जाएगी?

पर अंदर की आग बुझी नहीं थी।

कमजोर शरीर के साथ भी वह अपने सपनों को थामे रहा|

बीमारी से ठीक होकर जब रवि स्कूल लौटा,

तो उसके कदम पहले से ज्यादा मजबूत थे।

सरकारी विद्यालय...

जहाँ अध्यापक पढ़ाई से ज्यादा अन्य कामों में व्यस्त रहते थे।कक्षा में शोर ज्यादा, मार्गदर्शन कम।

पर रवि ने इंतजार करना छोड़ दिया।

उसे समझ आ गया –

"अगर मुझे आगे बढ़ना है, तो मुझे खुद ही अपना शिक्षक बनना होगा।"

वह घर आकर खुद पढ़ता।

सवालों को खुद समझता।

गलतियाँ खुद सुधारता।

और जब परिणाम आया – **63%** अंक।

शायद किसी के लिए यह सामान्य था।

पर उसकी परिस्थितियों के लिए – यह विजय थी।

180 विद्यार्थियों में दूसरा स्थान।

उस दिन उसने किसी को कुछ साबित नहीं किया...

उसने खुद को साबित किया।

बीमारी हार गई थी।

कमी हार गई थी।

बहाने हार गए थे।

और "जिम्मेदारियों का जन्म" अब पूरी तरह हो चुका था।

अब वह सिर्फ बेटा नहीं था।वह अपने घर की उम्मीद था।

और इस अनुभव ने उसे भविष्य के लिए भी तैयार कर दिया था।

रवि समझ चुका था –

जिम्मेदारी का यह जन्म सिर्फ एक मोड़ था।

आने वाली राह और भी कठिन होगी,

लेकिन अब वह हार मानने वाला नहीं था।

हर चुनौती, हर कठिनाई,

उसे सिर्फ आगे बढ़ने और अपने सपनों को पाने के लिए प्रेरित करेगी।

अध्याय 3

संघर्ष और स्वाभिमान

समय अपनी रफ्तार से चलता गया।

रवि अब कक्षा 10 में पहुँच चुका था।

नए दोस्त बने, नई किताबें मिलीं,

पर सफर वही पुराना था –

लंबा रास्ता, सीमित साधन, और आँखों में नई उम्मीदें।

रवि जानता था कि उसका सपना बड़ा है।

बहुत बड़ा।

पर वह यह भी जानता था कि उसके इरादे सपनो से भी बड़े हैं।

परीक्षा का दिन

वार्षिक परीक्षा की सुबह घर का वातावरण सामान्य था,

पर रवि के भीतर घबराहट की लहरें उठ रही थीं।

उत्तरपुस्तिका में सिर्फ शब्द नहीं लिखे जा रहे थे –

वह अपनी दिशा लिख रहा था।

तीन घंटे बाद जब उसने कापी सौंपी,

उसने सिर झुकाकर मन ही मन कहा –

“मैंने पूरी ईमानदारी से प्रयास किया है।”

कुछ गुरुजनों का आशीर्वाद और उसकी निरंतर मेहनत रंग लाई।

परिणाम आया –

वह चौथे स्थान पर रहा।

600 में से 332 अंक।

किसी के लिए यह सामान्य हो सकता था।

उसके लिए ये 332 अंक

सिर्फ संख्या नहीं थे –

ये परिस्थितियों पर एक छोटी जीत थी।

अब असमंजस था –

आगे कौन सा विषय चुना जाए?

बहुत सोचने के बाद उसने

विज्ञान संकाय में जीव विज्ञान विषय चुना।

यह रास्ता आसान नहीं था।

बल्कि अब कठिनाइयाँ और बढ़ने वाली थीं।

पर एक जीव विज्ञान के अध्यापक ने

उस राह को रोचक और सरल बना दिया।

उन्होंने सिर्फ विषय नहीं पढ़ाया –

उन्होंने विश्वास दिया।

लेकिन किस्मत की चाल अभी बाकी थी।

रवि एक अच्छे कोचिंग संस्थान में पढ़ने का सपना देख रहा था।

उसे लगने लगा था कि अब उड़ान भरने का समय है।

तभी...

माँ को पथरी हो गई।

इमरजेंसी में ऑपरेशन करवाना पड़ा।

घर की स्थिति डगमगा गई।

रवि ने कदम पीछे नहीं खींचे।

11वीं कक्षा में वह उत्तीर्ण हुआ।

और इस बार पूरी कक्षा में दूसरे स्थान पर रहा।

अब उसे समझ आ चुका था –

सिर्फ अंक नहीं,

विषय की गहराई भी जरूरी है।

उसने निर्णय लिया –

वह प्राइवेट स्कूल में पढ़ेगा।

घर में बताया।

पिताजी ने कहीं से कर्ज लेकर

दोनों भाइयों का दाखिला प्राइवेट स्कूल में करवाया।

दोनों ने जी-जान से मेहनत की।

रवि ने 70% अंक प्राप्त किए।

माता-पिता का सिर गर्व से ऊँचा हो गया।

अब वह 17 साल का हो चुका था।

उम्र कम थी,

पर जिम्मेदारियाँ बड़ी।

वह जान चुका था –

अब सपनों को हकीकत में बदलने का समय है।

उसका लक्ष्य साफ था –

NEET की तैयारी।

कोटा जाना।

पर उसी समय

पिताजी का अपेंडिक्स का ऑपरेशन कराना पड़ा।

घर की आर्थिक स्थिति ऐसी थी कि

या तो ऑपरेशन होता,

या कोटा जाया जाता।

यह वह दौर था

जब ऑनलाइन पढ़ाई का सहारा भी नहीं था।

रवि ने चुपचाप फैसला स्वीकार कर लिया।

शिकायत नहीं की।

किस्मत को दोष नहीं दिया।

इसी बीच वर्ष 2018 में उसकी बहन की शादी हो गई।

घर में खुशियाँ आईं,

पर उन खुशियों की कीमत भी भारी थी।

शादी के खर्च ने पहले से डगमगाती आर्थिक स्थिति को और कमजोर कर दिया।

उधर खेती में भी भारी नुकसान हुआ।

फसल उम्मीद के अनुसार नहीं निकली।

जीवन-यापन का मुख्य साधन ही खतरे में आ गया।

कर्जदार अब घर तक आने लगे थे।

दरवाज़े की दस्तक में अपनापन नहीं,

तगादे की बेचैनी थी।

पिताजी की आँखों में चिंता गहरी होती जा रही थी।

माँ की खामोशी सब कह रही थी।

कुछ बचत थी –

उसी से काम चलाया गया।

पर घर चलाना अब सिर्फ जिम्मेदारी नहीं,

एक संघर्ष बन चुका था।

ऐसे में रवि ने निर्णय लिया –

वह सिर्फ पढ़ाई पर निर्भर नहीं रहेगा।

उसे एक एसबीआई बैंक के ग्राहक सेवा केंद्र पर काम मिल गया।

वह रोज सुबह काम पर जाता,

शाम पाँच बजे लौटता,

और फिर रात को देर तक पढ़ाई करता।

दिनभर काम करके शरीर थक जाता,

पर उसके इरादों और जज्बों में अब भी दम था।

पासबुक में वह दूसरों का हिसाब ठीक करता,

और मन ही मन अपने जीवन का संतुलन जोड़ता।

उसे समझ आ गया था –

ज़िंदगी मेहनत का ब्याज समय पर लेती है। परिस्थितियों थोड़ी बस में आते ही उसने अपनी पढ़ाई को जारी रखना उचित समझा और उसने एक सरकारी PG महाविद्यालय में प्रवेश ले लिया।

सपना अभी टूटा नहीं था...

बस ठहर गया था।

कॉलेज की पढ़ाई के साथ-साथ रवि ने SSC GD की तैयारी शुरू कर दी।

दिन कॉलेज, रात पढ़ाई।

थकान थी, पर उम्मीद भी थी।

मेहनत रंग लाई।

अपनी कैटेगरी में उसने अच्छी रैंक से परीक्षा पास कर ली।

घर में खुशियाँ लौट आईं।

लगा जैसे अंधेरे के बाद पहली किरण आई हो।

अब वह फिजिकल की तैयारी में जुट गया।

सुबह दौड़, शाम अभ्यास।

वह खुद को साबित करने के लिए तैयार था।

पर किस्मत मानो हर मोड़ पर उसकी परीक्षा ले रही थी।

सिर्फ 2 सेंटीमीटर।

इतनी सी कमी..............

और वह भर्ती से बाहर।

एक बार फिर सपना टूट गया।

उस दिन उसे पहली बार महसूस हुआ –

परिस्थितियाँ कभी-कभी इंसान को झकझोरने के लिए ही आती हैं।

घर की आर्थिक स्थिति बदतर होती जा रही थी।

और धीरे-धीरे रवि भी अंदर से कमजोर पड़ने लगा।

पर उसने हार को स्थायी नहीं बनने दिया।

वह एक स्वयं सहायता समूह से जुड़ा।

पंचायत से संबंधित कार्य किए।

थोड़े-थोड़े पैसे जोड़कर अपनी कॉलेज की फीस भरी।

संघर्ष अब आदत बन चुका था।

इसी बीच जीवन ने एक और मोड़ लिया –

अप्रत्याशित, अनियोजित, और भावनात्मक।

रवि अब सिर्फ जिम्मेदार बेटा नहीं था,

वह एक युवा लड़का भी था।
वह एक लड़की से प्रेम करने लगा।

वह भी उसे चाहने लगी।

कुछ दिनों तक उसे लगा –

शायद जीवन अब सामान्य हो रहा है।

एक दिन कॉलेज से निकलते ही तेज बारिश शुरू हो गई।

दोनों बरामदे में खड़े थे।

बारिश की बूँदें जमीन से टकराकर जैसे नई शुरुआत का संगीत बना रही थीं।

वह बोली –

“काश जिंदगी भी बारिश की तरह साफ हो पाती।”

रवि ने मुस्कराकर कहा –

“बारिश सब धुल देती है...

पर कुछ निशान दिल में रह जाते हैं।”

उस पल दोनों ने एक-दूसरे को अलग नजर से देखा।

यह सिर्फ आकर्षण नहीं था –

यह अपनापन था।

धीरे-धीरे रवि बदलने लगा, वह अपने सपनों से दूर जाने लगा

किताब खुली रहती,

पर मन शब्दों में नहीं ठहरता।

पहले जो लक्ष्य उसकी आँखों में साफ दिखाई देता था,

अब उसकी जगह भावनाओं ने ले ली थी।

वह सोचता –

“मैं दोनों संभाल लूँगा।”

पर जीवन संतुलन की परीक्षा लेता है,

और रवि उस परीक्षा में कमजोर पड़ने लगा।

फिर आया वह दिन

BSc प्रथम वर्ष का परिणाम।

वह असफल था।

उस क्षण उसे लगा

जैसे उसके भीतर कुछ टूट गया हो।

उसे महसूस हुआ –

उसे लगा जैसे वह **खुद ही अपने सपनों की चिता जला रहा हो**, कुछ समय के लिए उसके सपने और उसके माता-पिता का चेहरा उसकी आंखों के सामने धुंधला धुंधला दिखाई देने लगा।

वह एक मूर्ति की तरह खड़ा रहा।

इसी बीच किस्मत ने एक और करवट लिया। उसे महसूस होने लगा वह पहले जैसी नहीं रही।

बातें छोटी हो गईं।

मुलाकातें कम हो गईं।

आखिर उसने कहा –

"रवि... तुम्हें अपने लक्ष्य पर ध्यान देना चाहिए।"

यह वाक्य सरल था,

पर उसके पीछे दूरी की दीवार थी।

रवि समझ गया –

कुछ रिश्ते मंज़िल तक साथ चलने के लिए नहीं होते,

वे बस रास्ता दिखाने आते हैं।

उस रात रवि देर तक जागता रहा।

उसे लगा जैसे उसके भीतर कोई आतंकवादी छिपा बैठा है –

जो हर सकारात्मक सोच पर हमला कर देता है।

वह डर,

वह पछतावा,

वह आत्मग्लानि –

सब मिलकर उसके आत्मविश्वास पर वार कर रहे थे।

उसने अपने भीतर चल रहे अंतर्द्वंद से लड़ना शुरू किया।

उसने कॉपियाँ पुनः जाच करवाईं।

और वह सफल घोषित हुआ।

पर उस असफलता के आतंक ने उसे एक सबक दे दिया –

लक्ष्य से भटकना सबसे खतरनाक विस्फोट होता है।

उस दिन उसने खुद से वादा किया –

वह फिर कभी अपने सपनों को कमजोर नहीं पड़ने देगा।

यह “कलियुग का कुंवारा” अब रुकेगा नहीं।

जब तक लक्ष्य प्राप्त न हो जाए।

समय पंख लगाकर उड़ रहा था।

द्वितीय वर्ष की परीक्षा भी उसने पास कर ली।

अब वह तृतीय वर्ष में था।

और यहीं से उसकी जिंदगी ऐसा मोड़ लेने वाली थी,

जिसकी कल्पना न उसने की थी,

न उसके परिवार ने।

वर्ष 2020।

एक ऐसा साल, जिसने पूरी दुनिया की रफ्तार रोक दी।

लॉकडाउन लगने वाला था।

और रवि की घर की आर्थिक स्थिति तो पहले से ही डगमगा रही थी।

बीएससी अंतिम वर्ष की परीक्षाएँ शुरू हो चुकी थीं।

वह आधी परीक्षाएँ दे चुका था।

साथ ही वह एक ई-मित्र की दुकान पर काम कर रहा था,

ताकि अपनी कॉलेज की फीस जमा कर सके।

तभी...

लॉकडाउन लग गया।

दुकान बंद।

काम बंद।

पढ़ाई रुकी हुई।

जिंदगी फिर ठहर गई।

और जैसे यह काफी नहीं था...

उसे पता चला –

माँ का दाहिना गुर्दा खराब है।

तुरंत ऑपरेशन करवाना जरूरी था।

अब समस्या एक नहीं थी –

अनेक थीं।

SBI CSP

रवि ने रिश्तेदारों और परिजनों की तरफ देखा।

पर किसी ने हाथ बढ़ाने से इनकार कर दिया।

शायद यही वह क्षण था –

जब उसे पहली बार लगा

कि उसके सपनों का अंत निश्चित है।

घर की हालत,

लॉकडाउन,

माँ का ऑपरेशन,

और मदद के नाम पर सन्नाटा।

कुछ हथेलियाँ जन्म से ही श्रापित होती हैं...

उन्हें थामना किसी के बस में नहीं,

और अपनापन कभी टिकता नहीं।

उसे समझ आ चुका था –

कुछ रिश्ते सिर्फ औपचारिकता होते हैं।

लोग अपने स्वार्थ सिद्‍ध करने के लिए रिश्तों का सहारा लेते हैं।

और जब जिम्मेदारी निभाने की बारी आती है,

तो चेहरे बदल जाते हैं।

लेकिन उसने एक बात ठान ली –

वह रुकेगा नहीं।

वह झुकेगा नहीं।

एक दिन वह सफल होगा।

और उसे दिन परिजनों को उन बनावटी चेहरों को

जरूरत पड़ेगी –

वही दिन उसकी

और उसके माता-पिता की

सच्ची जीत होगी।

रवि ने उस दौर में सिर्फ कठिनाइयाँ नहीं देखीं,

उसने रिश्तों के चेहरे भी पहचाने।

उसने जाना कि संघर्ष अकेले ही लड़ना पड़ता है,

और सपनों की कीमत अक्सर अपनों की चुप्पी से चुकानी पड़ती है।

पर उसने हार नहीं मानी।

वह टूटा जरूर, पर रुका नहीं।

अब वह पहले जैसा किशोर नहीं था।

वह समय से पहले बड़ा हो चुका था।

उसने खुद से एक वादा किया –

“मैं हालातों से नहीं हारूंगा।

एक दिन मेरी मेहनत ही मेरा जवाब होगी।”

और यहीं से शुरू होने वाला था

उसकी जिंदगी का सबसे कठिन,

पर सबसे निर्णायक अध्याय.....

अध्याय 4

दर्द की दीक्षा

(संघर्ष से मिली सीख)

जीवन में कुछ मोड़ ऐसे आते हैं

जहाँ बाहर सब सामान्य दिखता है,

पर भीतर एक पूरी दुनिया टूट चुकी होती है।

रवि के साथ भी कुछ ऐसा ही हुआ था।

लॉकडाउन के दिनों ने केवल उसकी दिनचर्या नहीं रोकी थी,

उन्होंने उसके भीतर बैठे उस भरोसे को भी झकझोर दिया था

जिसे वह रिश्ते कहता था।

जब माँ की बीमारी सामने आई,

तो उसे लगा जैसे समय ने एक साथ

कई प्रश्न उसके सामने रख दिए हों।

एक तरफ माँ की साँसें थीं,

दूसरी तरफ अधूरी पढ़ाई,

और तीसरी तरफ वे लोग

जो नाम के रिश्ते थे,

पर समय पर साथ खड़े नहीं थे।

उस दिन रवि ने महसूस किया....................

दर्द केवल परिस्थितियों से नहीं होता,

दर्द उम्मीदों से होता है।

उसे पैसे की कमी ने उतना नहीं तोड़ा,

जितना अपनों के इंकार ने।

पर यहीं से कुछ बदलना शुरू हुआ।

रवि अब शिकायत नहीं करता था।

वह चुप रहने लगा था।

लेकिन वह चुप्पी हार की नहीं,

एक भीतर चल रहे युद्ध की थी।

उसने समझ लिया था कि

रिश्तों की असली पहचान उत्सवों में नहीं,

आपातकाल में होती है।

माँ का ऑपरेशन करवाने के लिए उसने

जहाँ से संभव हुआ, व्यवस्था की।

उसने झुककर भी काम किया,

पर टूटा नहीं।

उस रात, अस्पताल की बेंच पर बैठा रवि

आसमान को नहीं देख रहा था,

वह खुद को देख रहा था।

और अचानक

वह अपने बचपन में लौट गया।

उसे याद आया –

माँ कैसे उसके सिर पर हाथ फेरकर

हर डर को छोटा कर देती थीं।

वह समय भी तो था

जब चोट घुटने पर लगती थी,

पर मरहम माँ की हथेली से मिलता था।

उसे याद आया

कैसे बहन राखी बाँधते समय हँसते-हँसते कहती थी –

"तू बड़ा होकर मुझे कभी रोने नहीं देगा।"

भाई के साथ खेत की मेड़ पर दौड़ लगाना,

बरसात में भीगना,

और फिर माँ की डाँट सुनते-सुनते मुस्कुरा देना।

घर की वह छोटी-सी रसोई,

जहाँ माँ सबसे कम खाती थीं,

पर सबसे ज्यादा खिलाती थीं।

रात को बिजली चली जाती थी तो

माँ कहानी सुनाते-सुनाते खुद सो जाती थीं।

उसने सोचा —

जिस माँ ने हर भय से बचाया,

आज वही अस्पताल के बिस्तर पर निर्भर है।

उस पल उसे समझ आया —

समय बदलता नहीं,

जिम्मेदारियाँ बदल देता है।

अब वह केवल बेटा नहीं रहा था,

वह माँ की ढाल बन चुका था।

वह समझ चुका था —

जीवन किसी के सहारे नहीं रुकता।

जिस दिन इंसान उम्मीदें कम

और प्रयास अधिक कर देता है,

उसी दिन वह भीतर से बदलने लगता है।

यह वही समय था जब

रवि ने अपने भीतर एक व्रत लिया —

वह सफल होगा,

ताकि किसी दिन उसकी जरूरत को

कोई “एहसान” समझकर न तोले।

दर्द ने उसे कमजोर नहीं किया,

दर्द ने उसे प्रशिक्षित किया।

और शायद यही उसकी

पहली सच्ची दीक्षा थी।

धीरे-धीरे माँ का स्वास्थ्य सँभलने लगा।

डॉक्टरों की दवाइयाँ असर दिखा रही थीं।

चेहरे पर लौटती हल्की मुस्कान

यह विश्वास दिलाती थी

कि सबसे कठिन पहर बीत चुका है।

पर एक सच और था –

माँ का शरीर भले ही संभल रहा था,

रवि का मन अब पहले जैसा निश्चिंत नहीं रहा था।

उसके भीतर एक स्थायी चिंता जन्म ले चुकी थी।

हर खाँसी उसे चौंका देती,

हर थकान उसे बेचैन कर देती।

अब वह केवल बेटा नहीं था,

वह एक सजग पहरेदार बन चुका था –

जो हर क्षण समय की आहट सुनता रहता था।

माँ की सेहत सुधर रही थी,

पर रवि की मासूम बेफिक्री

उसी अस्पताल की किसी बेंच पर

हमेशा के लिए छूट गई थी।

वह समझ चुका था कि

दुनिया सहानुभूति देती है, सहारा नहीं।

लोग हाल पूछते हैं, हालात नहीं उठाते।

उस दिन उसने सपने देखना बंद नहीं किया,

बस यह उम्मीद छोड़ दी कि कोई साथ चलेगा।

अब वह मदद नहीं माँगता था,

क्योंकि उसने जान लिया था –

इस सफर में कदमों की आहट

अपनी ही होती है।

और शायद

यही उसकी असली दीक्षा थी।

अध्याय 5

रास्ता खुद बनाना होगा

साल 2021।

घर के आँगन में दवाइयों की गंध बस चुकी थी,

और जिम्मेदारियाँ अब स्थायी अतिथि बन चुकी थीं।

रवि ने बाहर की दुनिया को कुछ समय के लिए रोक दिया।

उसने घर को ही अपना संसार बना लिया।

दिन माँ की सेवा में बीतते,

और शामें घर के आँगन में बिछी दरी पर।

धीरे-धीरे बच्चों की संख्या बढ़ने लगी।

किसी के हाथ में पुरानी कॉपी होती,

किसी के पास अधूरी पेंसिल।

रवि जब उन्हें पढ़ाता,

तो सिर्फ किताब का पाठ नहीं समझाता था—

वह उन्हें सपने देखना सिखाता था।

वह कहता,

"गरीबी जेब में हो सकती है, दिमाग में नहीं।"

जब कोई बच्चा सही उत्तर देता,

तो उसके चेहरे की चमक

रवि की थकान मिटा देती।

कभी-कभी वह पढ़ाते-पढ़ाते रुक जाता,

और बच्चों को देख मुस्कुरा देता—

उसे अपना ही बचपन दिखाई देता था,

जो जिम्मेदारियों के बीच कहीं जल्दी बड़ा हो गया था।

महीने के अंत में जब बच्चे फीस देते,

तो वह रकम छोटी होती,

पर उसके लिए वह **सम्मान की कमाई** थी।

उन्हीं पैसों से वह माँ की दवाइयाँ लाता,

फल-सब्ज़ी लाता,

और मन में यह संतोष रखता

कि वह परिस्थितियों से भाग नहीं रहा।

2022 — एक और परीक्षा

2022 में उसने फिर से सपनों को आवाज़ दी।

उसने कंप्यूटर डिप्लोमा करने का निर्णय लिया।

एक महाविद्यालय में प्रवेश लिया।

वह नियमित कॉलेज जाने लगा।

उसे लगा—

अब जीवन धीरे-धीरे पटरी पर लौट आएगा।

लेकिन शायद समय को उसकी स्थिरता मंज़ूर नहीं थी।

कुछ ही महीनों में दादाजी को फैफडो के कैंसर का पता चला।
हर बीस दिन में कीमोथेरेपी के लिए अस्पताल ले जाना पड़ता।

सुबह-सुबह वह दादाजी को सहारा देकर गाड़ी में बैठाता।

उनके चेहरे पर थकान होती,

और आँखों में एक अजीब सी शांति—

जैसे उन्हें सब समझ आ चुका हो।

अस्पताल के लंबे गलियारे

रवि को अनंत लगते थे।

कीमोथेरेपी वाले कमरे के बाहर बैठकर

वह दीवार घड़ी को घूरता रहता।

हर मिनट..............................

जैसे उसके दिल पर दस्तक देता।दादाजी जब अंदर जाते,

तो वह बाहर बैठकर

अपनी उँगलियाँ कसकर पकड़ लेता।

उसे सुइयों से नहीं,

दादा जी को हो रही पीड़ा से डर लगता था।

कभी-कभी वह खिड़की से बाहर देख

धीरे से कहता—

“भगवान, इनकी तकलीफ मुझ पर लिख दो।”

कॉलेज की किताबें बैग में होतीं,

पर उन दिनों उसकी असली पढ़ाई

अस्पताल के गलियारों में चल रही थी।

मई 2022

फिर वह दिन आया

जिसे वह टालना चाहता था।

एक सुबह घर में असामान्य शांति थी।

दादाजी की साँसें बहुत हल्की हो चुकी थीं।

रवि उनके सिरहाने बैठा था।

उसने उनका हाथ थामा हुआ था—

वही हाथ जिसने उसे चलना सिखाया था।

कुछ ही क्षणों बाद

कमरे में सिसकियों की आवाज भर गई।

रवि स्तब्ध था।

उसे लगा

जैसे **एक पूरा युग समाप्त हो गया।**

उसे दादाजी की बातें याद आईं—

“हालात आदमी को नहीं हराते,

आदमी खुद हार मान ले तो हारता है।”

आज वह आवाज़ खामोश थी।

शमशान की आग में

सिर्फ एक शरीर नहीं जल रहा था—

रवि के बचपन की अंतिम छाया

धीरे-धीरे धुएँ में बदल रही थी।

उस दिन उसे पहली बार महसूस हुआ—

जीवन किसी को तैयार होने का समय नहीं देता।

एक और आघात

घर अभी उस शोक से उबर भी नहीं पाया था

कि दस महीने का मासूम भांजा भी

ईश्वर की शरण में चला गया।

वह छोटा सा शरीर

एक सफेद कपड़े में लिपटा हुआ था।

रवि उसे देखता रहा।

उसे याद आया

कैसे कुछ दिन पहले तक वह

उसे गोद में उठाकर हँसाता था।

आज उसकी गोद खाली थी।

घर में फैला सन्नाटा

किसी चीख से भी ज्यादा भारी था।

पर उससे भी ज्यादा उसे चिंता

अपनी बहन की थी।

वह जानता था—

एक माँ अपने बच्चे को खोकर

कभी वैसी नहीं रह पाती।

वह बहन के कमरे के बाहर खड़ा रहता,

कुछ कहना चाहता,

पर शब्द साथ नहीं देते।

उसे लगता

जैसे जीवन हर बार उससे

कुछ न कुछ छीन लेता है—

ताकि वह और कठोर हो सके।

उस रात वह बहुत देर तक जागता रहा।

आँखें बंद करता

तो दादाजी का चेहरा दिखता,

और खोलता

तो भांजे की मुस्कान।

आँसू भी अब थक चुके थे।

दुख अब घटना नहीं रहा था—

वह वातावरण बन चुका था।

निर्णायक क्षण

कभी-कभी सचमुच ऐसा क्षण आता था

जब रवि को लगता—

बस, अब बहुत हो गया।

लगातार झटकों ने उसके मन को थका दिया था।

सपने बोझ जैसे लगने लगे थे।

पर हर बार

जब उसका मन हार मानने को होता,

वह चुपचाप माँ की तरफ देखता।

उनकी आँखों में दर्द था,

पर विश्वास अब भी अटूट था।

वह जानता था—

उसका सफल होना अब केवल उसका सपना नहीं,

वह माँ की शांति

और पिता की थकान का उत्तर है।

उसने अपने पिता को

धूप में पिघलते खेतों में काम करते देखा था,

दूसरों के यहाँ मजदूरी करते देखा था—

बिना शिकायत।

उनके हाथों की दरारें
सिर्फ मेहनत की नहीं थीं,
वे संघर्ष की रेखाएँ थीं।
उसी क्षण
रवि के भीतर कुछ कठोर हो जाता।
आँखें नम होतीं,
पर इरादे और सख्त।

वह जान चुका था—
यदि वह आज हार गया,
तो यह केवल उसकी हार नहीं होगी।
इसलिए उसने मन ही मन तय किया—
चाहे कितनी भी ठोकरें मिलें,
चाहे रास्ता कितना भी टेढ़ा क्यों न हो,
अब पीछे मुड़कर देखने का अधिकार
उसने खो दिया है।

अब जो भी हो...

उसे अपना रास्ता

खुद बनाना होगा।

अध्याय 6

आख़िरी डर का अंत

उस रात घर में सब सो चुके थे।

आँगन में हल्की ठंडी हवा चल रही थी।

आसमान में आधा चाँद टंगा था—

जैसे उसकी अधूरी जिंदगी का आईना।

रवि चुपचाप चारपाई पर बैठा रहा।

न हाथ में मोबाइल था,

न कोई किताब।

बस विचार थे—

जो रुकने का नाम नहीं ले रहे थे।

कभी उसे दादाजी की खाँसी सुनाई देती प्रतीत होती,

कभी बहन का शांत चेहरा याद आता,

कभी माँ की थकी हुई आँखें।

उसे लगा जैसे जीवन ने उसे

उसकी उम्र से कई साल आगे धकेल दिया हो।

जहाँ उसके साथियों के हाथों में

भविष्य की योजनाएँ थीं,

वहाँ उसके हाथों में जिम्मेदारियाँ थीं।

उनके सपने रंगीन थे,

उसके सपने अनुशासन में बंधे हुए।

उसने धीरे से अपनी मुट्ठी बाँधी।

पहली बार डर की वजह से नहीं,

निर्णय की वजह से।

उस रात उसने कोई शोर नहीं किया।

कोई घोषणा नहीं की।

बस भीतर ही भीतर एक वाक्य उभरा—

“मैं गिर सकता हूँ,

थक सकता हूँ,

पर रुकूँगा नहीं।”

और फिर वह उठकर अंदर चला गया।

सुबह जब वह उठा तो चेहरा थका हुआ था,

पर आँखों में एक नई स्थिरता थी।

जैसे भीतर कुछ बैठ गया हो।

जैसे मन ने भटकना छोड़ दिया हो।

अब उसे समझ में आ गया था—

रास्ते मिलते नहीं,

बनाने पड़ते हैं।

समय की आदत अजीब होती है।

वह किसी के लिए ठहरता नहीं,

किसी के दर्द पर रुकता नहीं।

धीरे-धीरे घाव भरते गए।

निशान अभी भी थे,

पर उनमें पहले जैसी जलन नहीं थी।

रवि भी बदल रहा था।

अब वह परिस्थितियों से डरता नहीं था—

उन्हें समझने लगा था।

घर की आर्थिक स्थिति को संभालने के लिए

उसने एक निजी विद्यालय में विज्ञान पढ़ाना शुरू किया।

पहले दिन जब वह स्टाफ रूम में बैठा,

तो उसे लगा जैसे जीवन ने अचानक उसे

“लड़के” से “जिम्मेदार व्यक्ति” बना दिया हो।

कक्षा में बच्चों की जिज्ञासु आँखें

जब उसकी ओर देखतीं,

तो वह सिर्फ अध्यापक नहीं रहता—

वह अनुभवों का वाहक बन जाता।

वह न्यूटन के नियम समझाते हुए

जीवन का संतुलन भी समझता,

रासायनिक अभिक्रियाएँ पढ़ाते हुए

परिस्थितियों की प्रतिक्रिया भी पहचानता।

उसे महसूस हुआ—

शायद जीवन ने उसे जितना सिखाया है,

वह किसी पाठ्यपुस्तक में नहीं था।

इसी बीच उसने राजस्थान पुलिस 2023 की तैयारी शुरू कर दी।

सुबह की दौड़ उसकी दिनचर्या बन गई।

ठंडी सड़कें,

सांसों की तेज रफ्तार,

और मन में एक ही लक्ष्य।

2×3 =
ABC

फिजिकल परीक्षा के लिए वह क्वालीफाई कर गया।

वह क्षण उसके लिए ऐसा था

जैसे लंबे अंधेरे कमरे में

अचानक एक खिड़की खुल जाए।

चार से पाँच महीने उसने

खुद को पूरी तरह तपाया।

सुबह दौड़,

दिन में विद्‌यालय,

रात को पढ़ाई।

थकान उसके शरीर में रहती,

पर संदेह अब उसके मन में नहीं था।

और फिर परिणाम आया।

कुछ अंकों से—

वह पीछे रह गया।

एक पल को सब स्थिर हो गया।

जैसे हवा भी रुक गई हो।

पर इस बार...

कुछ टूटा नहीं।

आँखों में आँसू नहीं थे।

दिल में वैसी पीड़ा नहीं थी

जैसी पहले हार में होती थी।

उसे पहली बार महसूस हुआ—

यह हार नहीं है।

यह अभ्यास है।

जैसे जीवन कह रहा हो—

“तू अभी तैयार हो रहा है।”

उसने परिणाम की शीट बंद की

और गहरी साँस ली।

अब उसे खुद पर विश्वास था—

परिणाम पर नहीं।

लेकिन शायद जीवन को

संतुलन पसंद नहीं।

जब सब कुछ स्थिर होने लगता है,

तभी कोई नया प्रश्न सामने आ खड़ा होता है।

अब उसके जीवन में

एक नई समस्या दस्तक दे रही थी—

शादी।

पहले बात इशारों में होती थी।

फिर चर्चा बनने लगी।

अब वह रोज़मर्रा की बातचीत का हिस्सा थी।

“लड़का कमाता है...”

“उम्र भी हो रही है...”

“अब क्या पढ़ाई ही करता रहेगा?”

रिश्तेदारों की आवाज़ें

धीरे-धीरे माँ के मन में जगह बना रही थीं।

एक दिन माँ ने सीधा पूछ लिया—

“रवि, तू कब तक टालता रहेगा?”

वह चुप रहा।

वह माँ की आँखों का दबाव समझता था।

वह उनकी इच्छा का सम्मान करता था।

पर उसके भीतर एक और आवाज थी—

जो कहती थी—

अभी नहीं।

उसे असफलता से डर नहीं रहा था।

उसे डर इस बात का था

कि कहीं अधूरे सपनों के साथ

वह किसी और की जिंदगी का आधार न बन जाए।

वह जिम्मेदारी से भाग नहीं रहा था।

वह बस तैयार होना चाहता था।

अब फैसला सिर्फ परिणाम का नहीं था।

यह तय करने वाला था—

रवि पहले अपना भविष्य संभालेगा

या किसी और की उम्मीदें।

उसने माँ को शांत स्वर में समझाया,

"मुझे केवल छह महीने और दे दो माँ...

फिर आप जहाँ कहेंगी, जब कहेंगी, मैं शादी कर लूँगा।"

माँ की आँखों में चिंता थी, पर बेटे की आँखों में विनती।

उस विनती में स्वार्थ नहीं था—

वहाँ केवल अधूरे सपनों की आख़िरी लड़ाई थी।

रवि ने अपनी पढ़ाई फिर से संभाल ली।

दिन छोटे पड़ जाते और रातें किताबों के साथ कटतीं।

वह सूचना सहायक भर्ती परीक्षा और पशु परिचर भर्ती परीक्षा—

दोनों की तैयारी में जुट गया।

उसकी मेहनत में अब केवल लक्ष्य नहीं,

अपना अस्तित्व बचाने की जिद भी शामिल थी।

परीक्षा का दिन आया।

वह शांत दिमाग से केंद्र पहुँचा।

प्रश्नपत्र सामने था—

पर इस बार उसके हाथ काँप नहीं रहे थे।

उसे पूरा विश्वास था कि उसकी परीक्षा अच्छी जाएगी।

उसने दोनों परीक्षाएँ पूरे आत्मविश्वास और संयम से दीं।

उसे लग रहा था—

अब उसकी जीत निश्चित है।

लेकिन जीवन अक्सर आश्वासन नहीं, परीक्षा लेता है।

कुछ महीनों बाद सूचना सहायक परीक्षा का परिणाम आया।

रवि... मात्र तीन अंकों से रह गया।

तीन अंक—

इतने छोटे, फिर भी इतने भारी

कि उन्होंने उसके सपनों का संतुलन डगमगा दिया।

उस दुख का बोझ अभी कम भी न हुआ था कि

पशु परिचर भर्ती परीक्षा का परिणाम भी घोषित हो गया।

इस बार उसके बारह अंक नॉर्मलाइजेशन में कट गए थे।

वह चयन सूची से बाहर था।

घर में मानो शोक की लहर दौड़ गई।

धीरे-धीरे परिवार का विश्वास भी डगमगाने लगा।

समाज के ताने उसकी माँ के कानों में चुभने लगे।

माँ बार-बार कहती,

“**पढ़ाई तो होती रहेगी...**

क्या हमारे मरने के बाद शादी करेगा?”

दादी माँ भी अक्सर यही ताना दे दिया करतीं।

घर का वातावरण अब मौन से भरा रहने लगा था—

एक ऐसा मौन जिसमें प्रश्न अधिक थे, उत्तर कम।

रवि भीतर से टूटा जरूर था,

पर समाप्त नहीं हुआ था।

उसके मन में कहीं एक घबराहट भी सिर उठा रही थी—

“अगर बेटे बनने का सफर इतना कठिन है,

तो पति और पिता बनने का सफर कितना कठिन होगा?”

उसका अंतरमन बार-बार कह रहा था—

वह अभी तैयार नहीं है।

हार के इस अंधेरे में भी उसने हिम्मत जुटाई।

एक शाम वह फिर माता-पिता के सामने खड़ा हुआ।

आवाज़ इस बार धीमी थी,

पर निर्णय दृढ़—

“मुझे अंतिम बार... केवल छह महीने और दे दीजिए।

यह मेरा आखिरी प्रयास होगा।”

उसके शब्दों में इस बार जिद नहीं,

एक परिपक्व विश्वास था—

या तो वह खुद को सिद्ध करेगा,

या अपने सपनों को विदा कह देगा।

अब सचमुच फैसला परिणाम का नहीं था...

यह तय करने वाला था—

रवि पहले अपना भविष्य संभालेगा

या किसी और की उम्मीदें।

उसने समझ लिया था—

सही समय पर लिया गया निर्णय

देर से लिया गया निर्णय नहीं होता।

और उस दिन—

वह लड़का

जो हर मोड़ पर भावनाओं से काँप जाता था,

पहली बार भीतर से शांत था।

क्योंकि उसने तय कर लिया था—

अब उसके जीवन में कोई भी निर्णय

डर के कारण नहीं होगा।

आख़िरी डर समाप्त हो चुका था।

अध्याय–7

अधूरी जीत

अगले छह महीने की तैयारी के लिए माता-पिता की स्वीकृति रवि को आशंकित लग रही थी।

उसे याद था—पिछली बार वह कितनी विनती के बाद मानें थे।

इस बार बिना किसी तर्क, बिना किसी आह भरने के, बिना किसी भावुक संवाद के ही उन्होंने "ठीक है" कह दिया था।

यह "ठीक है" उसके कानों में गूंजता रहा।

क्या यह विश्वास था?

या थकान?

या भीतर छुपी कोई और चिंता?

रवि ने इसे सुनहरा अवसर माना।

उसे लगा—शायद भाग्य ने अंतिम बार दरवाज़ा खोला है।

वह अब किताबों में डूब जाना चाहता था।

सुबह सूरज निकलने से पहले उठना, दिनभर नोट्स, टेस्ट सीरीज़, पुराने प्रश्नपत्र—उसका संसार सीमित हो चुका था।

लेकिन जीवन सीधा रास्ता नहीं देता।

कुछ ही दिनों बाद एक शाम माँ ने रसोई से आवाज़ दी—

“तेरे फोन पर एक फोटो आई होगी... देख ज़रा लड़की कैसी है।”

रवि ने किताब से नज़र उठाई।

“**किसके लिए देखनी है?”**

माँ ने सहज भाव से कहा—

“तेरे लिए। रिश्ते की बात है।”

रवि का दिल जैसे हल्का-सा डगमगाया।

“माँ, मैंने तो कहा था ना... छह महीने केवल पढ़ाई।”

माँ ने उत्तर दिया—

“हमने छह महीने दिए हैं।अभी तो बस देख रहे हैं। देख लेने में क्या जाता है?”

रवि जानता था—बात “बस देख लेने” पर नहीं रुकेगी।

दिन-ब-दिन पड़ोसियों के ताने, रिश्तेदारों की सलाहें, और माता-पिता की बढ़ती चिंता घर की दीवारों में उतर चुकी थी।

वह इन दीवारों की दरारें देख सकता था।

उसने फोन उठाया।

फोटो खोली।

एक साधारण-सी लड़की।

आंखों में हल्की मुस्कान।

पर रवि की नज़र उन आंखों में नहीं टिक पाई।

उसका मन तो पन्नों में अटका था।

उसने तो अपना जीवन ही पढ़ाई के नाम कर दिया था।

फिर भी उसने कहा—

“ठीक है... देख लूंगा।”

कुछ दिनों बाद वे सब लड़की के गांव गए।
दिल में कोई उत्साह नहीं, केवल जिम्मेदारी।

घर के लोग लड़की के घर बैठे थे।

चाय, नमकीन, संकोच, हल्की हंसी—सब एक सामाजिक नाटक की तरह चल रहा था।

उसे और लड़की को अकेले में बात करने का अवसर दिया गया।

रवि ने सीधे शब्दों में कहा—

“मेरी स्थिति बहुत साधारण है। परिवार आर्थिक रूप से मजबूत नहीं। मैंने कई परीक्षाएँ दी हैं, अभी संघर्ष चल रहा है। आगे भी परिस्थितियाँ कठिन हो सकती हैं। अगर आप तैयार हों तो...”लड़की ने चुपचाप सुना।

फिर धीरे से बोली—

“मैं शादी के बाद आपके माता-पिता के साथ नहीं रह पाऊँगी। अलग रहना होगा।”

शब्द बहुत साधारण थे, पर असर गहरा।

रवि के मन में तुरंत एक निर्णय जन्म ले चुका था।

जिसने उसे जन्म दिया, जिनके लिए वह संघर्ष कर रहा था—उन्हें वह अकेला कैसे छोड़ सकता था?

वह लौटा तो रास्ते भर मौन रहा।

घर पहुंचकर स्पष्ट कह दिया—

"यह रिश्ता नहीं होगा।"

माता-पिता ने अधिक वाद-विवाद नहीं किया।

शायद उन्होंने उसके स्वर में दृढ़ता महसूस की थी।

रवि फिर किताबों में डूब गया।

दिन भागते रहे।

और देखते-देखते वे छह महीने भी समाप्ति के निकट आ गए।

तभी एक नया मोड़ आया।

Rajasthan Police Constable Recruitment 2025 की परीक्षा दोनों भाइयों ने दी थी।

अनौपचारिक उत्तर-कुंजी में दोनों के अच्छे अंक आ रहे थे।

माता-पिता ने कहा—

"एक महीना और इंतज़ार कर लेते हैं। परिणाम आने दो।"

दिन तय हो गया—**18 नवंबर 2025।**

उसी दिन वे सब रवि की बुआ के यहाँ भात भरने गए थे।

ढोलक, गीत, हंसी, रिश्तेदारों का शोर।

घर में उत्सव का माहौल।

और रात लगभग 10 बजे अचानक मोबाइल पर हलचल हुई—

रिज़ल्ट आ चुका था।

रवि ने काँपते हाथों से वेबसाइट खोली।

रोल नंबर डाला।

स्क्रीन रुकी... फिर खुली...

पास।

अच्छी रैंक।

उसने भाई का रोल नंबर डाला।

वह भी पास।

और उससे भी बेहतर रैंक।

उनकी खुशी का ठिकाना नहीं रहा।

माँ रो पड़ी।

पिताजी ने पहली बार खुलकर दोनों को गले लगाया।

चारों तरफ बधाइयाँ।

उस पल रवि को याद आया—

बचपन में पढ़ा था, “धरती गोल है।”

हम जिस चीज़ से जितना दूर भागते हैं, वह घूमकर हमारे पास आती है।

उसका सफर भी तो पुलिस परीक्षा से शुरू हुआ था...

और आज फिर पुलिस परीक्षा ने उसे गले लगा लिया था।

पर नियति का खेल अभी पूरा नहीं हुआ था।

इसी बीच उसने चतुर्थ श्रेणी कर्मचारी भर्ती परीक्षा भी दी थी।

लेकिन ध्यान अब फिजिकल की तैयारी पर था।

पिताजी ने कर्ज लेकर दोनों भाइयों को अकादमी भेजने का निर्णय लिया।

तारीख तय हुई।

पर जिस रात उन्हें निकलना था, उससे एक दिन पहले छोटे भाई को तेज बुखार हुआ।

पहले लगा साधारण वायरल होगा।

पर रिपोर्ट आई—डेंगू।

छोटे अस्पताल से जिला अस्पताल,

वहाँ से स्थिति गंभीर—राज्य स्तरीय अस्पताल रेफर।

माता-पिता अधिक पढ़े-लिखे नहीं थे।

कागज़, दवाइयाँ, डॉक्टरों से बात—सब रवि संभाल रहा था।

दो दिन बाद डॉक्टर ने कहा—

“स्थिति नाज़ुक है। प्लेटलेट्स तेजी से गिर रहे हैं।”

प्लेटलेट्स—

1 लाख से 40,000...

40,000 से 22,000...

22,000 से 12,000...

12,000 से 6,000...

हर संख्या एक हथौड़े की तरह दिल पर गिर रही थी।

रवि का छोटा भाई—जिसे वह भाई से ज्यादा दोस्त मानता था—बिस्तर पर निढाल पड़ा था।

उसने बड़े भाई को बुलाया।

परिवार के चेहरे पीले पड़ चुके थे।

किसी ने कहा—“प्रार्थना करो।”

किसी ने कहा—“हिम्मत रखो।”

लेकिन हिम्मत शब्दों से नहीं आती।

रात 12 बजे रवि ने स्वयं रक्तदान किया।

एक मिनट का वह क्षण उसे युगों जैसा लगा।

प्लेटलेट्स लेकर वह भागा।

ICU

लगभग 1 बजे वह अस्पताल के बाहर धीमी रोशनी वाले खंबे के नीचे बैठा था।

चारों तरफ सन्नाटा।

सिर्फ एम्बुलेंस की दूर जाती आवाज़ें।

उस रात उसकी आँखों में कोई सपना नहीं था।

न नौकरी का,

न शादी का,

न समाज का।

सिर्फ एक प्रार्थना—

"भगवान, इसे बचा लो।"

वह सोचने लगा—

हम जीवन को एक लक्ष्य दे देते हैं।

और लक्ष्य न मिले तो स्वयं को निरर्थक समझ लेते हैं।

पर क्या जीवन केवल नौकरी है?

क्या सफलता केवल पद है?

इस संसार में छोटे से छोटे जीव का वैज्ञानिक और आध्यात्मिक महत्व है।

तो मनुष्य स्वयं को व्यर्थ कैसे कह सकता है?

उसके भीतर कुछ टूट भी रहा था और बन भी रहा था।

HOSPITAL

उसे लगा—

"अगर मेरा भाई बच गया, तो यही मेरी सबसे बड़ी जीत होगी।"

रात बीतती रही।

सुबह आई।

डॉक्टरों ने कहा—स्थिति स्थिर नहीं है, पर प्रयास जारी है।

रवि का पल पल घंटे की तरह घंटे दिनों की तरह दिन सदियों की तरह गुजर रहे थे।

अगले 48 घंटे जैसे सदियों में बदल गए।

चेहरे पर गंभीरता थी।

उस रात उसकी आंखों में कोई सपना नहीं था।

न सफलता का,

न शादी का,

न समाज का।

रात को उसने अकेले बैठकर बहुत सोचा।

जीवन की हर परीक्षा, हर रिज़ल्ट, हर असफलता—सब आंखों के सामने घूमने लगे।

रवि बहुत हिम्मत करके भाई से मिलने के लिए अंदर गया।

भाई भी रवि की तरह ही बहुत हिम्मतवाला था क्योंकि वह भी अपने भाई बहन की तरह संघर्ष का पर्याय था उसने रवि से कहां मैं अब ठीक हूं बहुत अच्छा महसूस कर रहा हूं हम घर कब तक चलेंगे मुझे दौड़ लगानी है यह सब बातें सुनकर रवि रोने ही वाला था कि उसने खुद को रोका और कहां की जल्दी ही छुट्टी मिल जाएगी और प्यार से उसके सिर पर हाथ घुमाया और बाहर आकर रोने लगा.........

जिस भाई के साथ उसने वर्दी पहनने के सपने देखे थे वह भाई आज ICU में बेड पर लेटा जिंदगी और मौत से लड़ रहा था।

कलियुग का कुंवारा मन ही मन सोच रहा था कि भगवान ने उसे अधूरी जीत के लिए ही बनाया है क्या? उसके विचारों की बेला थम चुकी थी धीरे-धीरे वह एक जिंदा लाश बन रहा था अब कोई चमत्कार ही उसे वापस उसके दैनिक जीवन में ला सकता था और उसे भी उस चमत्कार की उम्मीद है उसे उम्मीद है कि जल्दी ही उसका भाई उसके साथ खड़ा होगा वह दोनों भाई एक स्वच्छंद आसमान के नीचे दौड़ लगाते नजर आएंगे और जीवन के एक नए अध्याय का शुरुआत करेंगे। यह अधूरी जीत कलियुग के इस कुवारे को कहां पहुंचती है.......

उसकी किताबें उसका इंतजार कर रही है.........

क्या वह किसी और संघर्ष की तरफ जाएगा...........

यह निर्णय लेखक के हाथ में नहीं है......

समय पर निर्भर है.............

(भाग–2   प्रतीक्षित....................)

लेखक की कलम से

प्रिय पाठकों,

"कलियुग"का कुंवारा केवल एक कहानी नहीं है।

यह उस हर युवा की यात्रा है जो संघर्ष और सपनों के बीच खड़ा है।

हमारे घरों में, हमारे भीतर, हमारी जिम्मेदारियों में,

हमारी अधूरी इच्छाओं में।

हम अक्सर जीत को केवल परिणाम से मापते हैं।

रैंक, नौकरी, वेतन, समाज की स्वीकृति—

मानो यही जीवन का अंतिम सत्य हो।

परंतु जीवन का असली संघर्ष उन पलों में होता है

जब हमें दो सही रास्तों में से एक चुनना पड़ता है।

जब कर्तव्य और स्वप्न आमने-सामने खड़े हो जाते हैं।

जब परिवार और भविष्य एक ही तराजू पर तौल दिए जाते हैं।

मेरी यात्रा असफलताओं से भरी रही—

तीन अंक से चूकना,

सामान्यीकरण (नॉर्मलाइजेशन) में कटे अंक,

रिश्तों का दबाव,

समाज की बातें।

लेकिन असली परीक्षा उन पलों में आई

जब मुझे अपने भाई के जीवन और अपनी वर्दी के बीच संतुलन साधना था।

यह कहानी यह नहीं सिखाती कि सफलता छोड़ दो।

और यह भी नहीं सिखाती कि परिवार के लिए सपने त्याग दो।

यह केवल एक प्रश्न छोड़ती है—

“सच्ची जीत क्या है?”

क्या जीत वह है

जब आपका नाम चयन सूची में हो?

या वह

जब आपका परिवार आपकी वजह से सुरक्षित और स्थिर हो?

हर पाठक इस कहानी को अपनी दृष्टि से देखेगा।

कुछ लोग कहेंगे—रवि को वर्दी चुननी चाहिए।

कुछ कहेंगे—उसे परिवार के साथ खड़ा होना चाहिए।

लेकिन जीवन हमेशा श्वेत और श्याम नहीं होता।

अधिकांश निर्णय धूसर रंगों में लिए जाते हैं।

“अधूरी जीत” इसलिए अधूरी है

क्योंकि जीवन स्वयं अधूरा है।

हर अंत, एक नई शुरुआत का संकेत होता है।

हर रुकावट, अगली यात्रा की तैयारी।

इस भाग में मैंने उत्तर नहीं दिए—

मैंने केवल परिस्थितियाँ रखी हैं, आपकी कल्पना उनको कहां ले जा सकती है यह आपके ऊपर है।

क्योंकि कभी-कभी पाठक का मन ही कहानी को आगे बढ़ाता है।

रवि कहाँ गया?

क्या उसने पुनः नौकरी की तैयारी की?

या उसने कुछ और बड़ा निर्णय लिया?

इन प्रश्नों का उत्तर समय देगा।

और शायद अगला भाग भी।

अंत में बस इतना कहूंगा

अगर इस कहानी में आपको अपना अंश दिखा,

अगर किसी पंक्ति ने आपकी रातों की बेचैनी को छुआ,

अगर आपने भी कभी “अधूरी जीत” महसूस की है—

तो समझ लीजिए, यह कहानी सफल हुई।

आपका

— एक साधारण कलमकार

रवि कुमार

(भाग–2 शीघ्र...)

www.ingramcontent.com/pod-product-compliance
Lightning Source LLC
LaVergne TN
LVHW082046051026
849532LV00011B/3499